名流詩叢 46

戴口罩的世界
Masked World

如今新人類即將誕生
無慾望、無任務
到處都可以看到他
低頭走路，身帶晶片
總是上網，還戴著口罩。

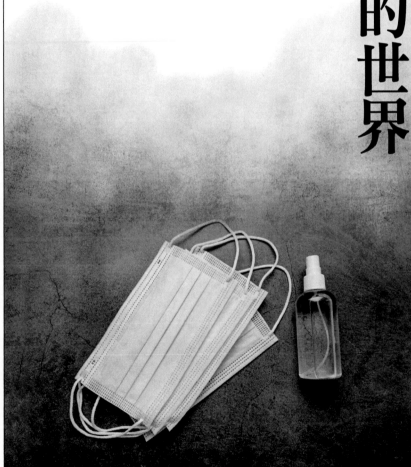

安卡·司徒巴露 (Anca Stuparu)

〔羅馬尼亞〕亞德里安·商久贊 (Adrian Sangeorzan) ◎著

◎編　李魁賢 (Lee Kuei-shien) ◎譯

前言
Foreword

　　2020年我寫此書時，隱居在家，與世隔絕。我的口罩，與鞋子、大衣和外套一起，放在門邊，迄今依然。如今，我還以為要戴口罩，其實久已不需要！在美國許多地方，限制已解除，但是人民離家出門時，走路還是遮遮掩掩。

　　記得幾年前，看到機場的人，或是在歐洲舊城或美國新都市，一群一群的遊客，戴著口罩，感到多麼驚訝。

　　起初，由於經歷太舊或太新，我還以為他們對花粉、植物或灰塵過敏。口罩似乎更像是對周圍世界的一道保護膜。然則，我們大家都戴，當做規定制服的一部分。我不得不藉面形和聲音來認人，似乎都來自另一個領域：恐懼的領域。

　　不知不覺當中，口罩變成我們日常服裝的一部分，自動自發穿戴上，一如男士的領帶、女士的高跟鞋。

　　我在撰寫本文時，一輛汽車，只有司機，駛過我家旁邊。雖然他單獨一人，還是戴口罩。炎熱夏天，陽光普照，他緊閉車窗。

　　在我家屋外，雨水排放管下方，實際發生的事，更加恐怖：一隻大烏鴉把握時機，從一對反舌鳥的鳥巢，劫走一隻羽毛未豐、正張喙等待餵食的小鳥。烏鴉在飛行中吞下小鳥，不免受到母鳥攻擊。這隻反舌鳥以往常從我掌中啄吃麵包屑。

　　在我們周圍遠近，總會發生看不見的災難。微生物、昆蟲、鳥類、人類和未實現的夢想，總是會被一些飢餓的烏鴉劫持和摧毀。

　　詩人僅能使詩句像隱藏的鳥巢，只有那些尋覓文字的人才能找到，唯種子能發芽。

目次

第二部：新法老王
Part Two: New Pharaohs

第一部：
戴口罩的世界

Part One: Masked World

呼吸新鮮空氣
A Breath of Fresh Air

我明知生命中還會發生一些大事！

共產主義是長期傳染病

設有鐵絲網圍牆

我們只費幾天脫困，死亡很少

願意袒胸走出隔離檢疫。

那些夜晚我們不敢守在窗邊

祖國流彈以彈頭攻打

我們被坦克喚醒的

荒廢歷史牆壁。

我們正在互相射擊

但我們很高興，只對空開火

知道疫情就要結束啦。

如今我鎖在屋內，望出窗外

看看有誰走過

是否仍然有飛機從天上掉下來

是否鴿子已傳送郵件

是否屋簷下巢穴內有染紅的復活節彩蛋。

再過一二星期，我會鼓起勇氣

赤裸裸衝到街道上

準備好吸一口氣。

歸國
Homecoming

我要回歸故里

那是我逃離吃土的地方

可能會再被懷疑叛亂

因為不願加入民族崇拜黨

沒有使用表現效忠的國民護照

把我的愛蓋戳在照片上

就健忘症或者是初學寫詩

測試結果我都是陰性。

你依然把我鎖在檢疫動物園內

讓我自己尋找光

直到我智齒掉落才弄清楚

我在此地也不會快樂。

當時我年紀很小

即使搞錯時態和形容詞

也不怕被當掉。

我應該可以回去任何地方

總有幾屋幾戶可住

但是超過65歲沒地方要你啦。

幸運號碼
Lucky numbers

我和排在前面的人距離

正好是躺在地板上的死人長度。

征服者身高六呎

穿戴戰勝者鐵靴、武器和裝備。

挖好的墳墓深度是六呎

我們像一群命中注定的綿羊

在這乖乖排好的隊伍中

小心避免被完全罩住

我想要買兩瓶牛奶

和幾張有獎彩券

但我聽說只能二選一。

再加一袋活蟋蟀。

今天是輪到奇數號碼的日子

我原本不該來排隊

牛奶和光線只給勇敢的人

給那些被刀架在喉嚨認罪的人

也給那些挖墳墓的人。

今日新人類
Today's New Man

他們兩代試用鑿子雕刻自己形狀。

那是殘酷的訓練，我們並非不知道

我們假裝跳過熊熊火圈

他們假裝手拿方糖

或是電線。

這是一種遊戲

無法逃脫，也沒有選擇餘地

你可以咒罵、宣誓

我們依然清醒走出火圈，真是奇蹟。

如今新人類即將誕生

無慾望、無任務

到處都可以看到他

低頭走路，身帶晶片

總是上網，還戴著口罩。

艱苦的一星期
Difficult week

憂鬱症是多麼痛苦的日子！

醫院在護城河上架起木橋

河內滿是髒兮兮的水和消毒劑。

受傷奮戰到最後衝刺游向城牆

本身生病的醫師，一旦開始聽你

自信說是天鵝，或是一位使徒

不禁翻白眼。

沒有人聽你抱怨

一切都打從內心封鎖。

今天是復活節

許多墳墓預先淨空。

死者本身，精力耗盡，累極

在艱苦的一星期來臨之前

試圖屏住呼吸。

聖奧古斯丁自己打破紅色彩蛋

從右到左吟誦《雅歌》。

檢疫
Quarantine

經海路進入熱那亞港

船要停泊40天

然後船尾前導航行，船首向死者致哀。

40天，隔離，檢疫。

回顧當年編字典的方式

像文字瘟疫依然纏住我們。

這是潛伏期持續的期限

也是水手多年

想念妻子的慾望。

摩西帶領百姓通過曠野歷經40年

讓他們去除偶像和惡習。

隔離40年，那種日子毫無意義

一旦你50歲已老態

到60歲成為可憐的智者。

船身滿載從印度運來的香料。

勇於面對整個歐洲

我們的高祖母輩獲得一小袋嫁妝

裝滿胡椒、丁香、肉桂，揣在懷裡

是她們唯一護照得以逃離天堂。

奇蹟
Miracles

多麼高興呀！我能聞出

世界上所有的瘴氣

感謝神，水就像水而沒有酒的味道

就像所有那些聖經奇蹟一樣

當魚自投羅網

在網內繁殖，短暫被捕時

正好足以填充我們餓肚。

盲人開始眼明，瘸子可以走路

無人願意率先投擲石頭。

執行死刑時似乎是靠牆排列

彼拉多是首先洗手的人*。

如今我們都是戴口罩的彼拉多

水道內有成噸肥皂和充分水

直接從雲端流出。

* 彼拉多（Pontius Pilatus），羅馬帝國猶太行省的第五任總督，判處耶
  穌釘十字架。在《馬太福音》中，彼拉多洗手以示不負處死耶穌的
  責任。

安魂曲
Requiem

在哈特島每天埋葬百人

那是不明人士的共同墳墓

有一些歌手未受到嘻哈群眾賞識

有幾位護士和醫師

戴口罩不正確，拉到鼻子下方

正如我們有時戴的模樣。

皇后區一對高利貸騙子挨債權人罵

加上無用的移民人口

總是在最後關頭

推土機把美國濕土潑撒

在他們身上之前剎那間逃逸。

移民局官員在墳墓旁邊

準備發放歸化證件

只要他們宣誓效忠國家

但他們不願。我們不要斯土！我們不為此來。

莫扎特也在這裡，手持他的安魂曲

和其他患肺病的天才一樣蒼白

推土機用一波一波泥土在他們身上滾壓過去。

交通號誌
Traffic signs

冰裂開時，發出高階音調

嚇得海豹浮出水面換一口氣。

從格陵蘭島破裂的每一座冰山上

有薩克斯風和長毛象皮鼓。

在上面立刻把我們隔開

即興演奏天鵝之歌

歡樂進行想像中的婚禮和宴會。

查理・帕克*到非洲時，手指癢

把薩克斯風當做小型阿爾卑斯長號角

因鄉愁大大融解而淡化。

在我們冰山上已經冒出椰子

生長得像指示不清楚的交通號誌。

* 查利・帕克（Charlie Parker, 1920~1955），非裔美國著名薩克斯風樂手。

麻醉字
Words of Hemp

鄉愁是多麼大塊建築材料！

建築大師馬諾萊*忘記添加

在泥漿內，就匆匆混拌

所以牆壁到夜晚即紛紛崩落

他在賢淑的安娜身邊安靜打鼾。

在美國，僅用到玻璃、鋼筋混凝土和鋼材。

我們要從字典除掉所有這些軟性麻醉字：

憂鬱、鄉愁、幻想、詩。

一切令人窒息的情緒

都會令人眼眨太快

或者把牆內安娜再砌入某棟摩天大樓。

鄉愁是軍人背包內唯一罐頭食品
不斷打開。
你在隔離檢疫中，打開來
取出活生生兩條鯡魚、孩子照片
把流過手指間的沙子全部放回
等待再度感到飢餓。

有一天，我在藥店遇到安娜
問她馬諾萊近況如何
她告訴我說，他早死啦，可憐的傢伙
他真的是非常好人。

* 在羅馬尼亞神話中，馬諾萊（Meşterul Manole）是16世紀初葉在瓦拉幾亞（Wallachia）阿爾杰什河畔庫爾泰亞（Curtea de Argeş）修道院的主持建築師，故事載於民俗詩歌〈阿爾杰什河畔上修道院〉（Monastirea Argeşului）。詩中描寫馬諾萊發現若沒有人員犧牲，修道院無法落成，只好犧牲自己懷孕中的愛妻安娜，把她填塞入建築物牆內。

口罩
Masks

股市正在連續上漲

遠從古代希臘人，我們都押注

在愛神和死神

在有褪色線條的口罩，在不鏽鋼棺材

在殺蚊劑和抗蝙蝠疫苗。

我們是賭國，沉迷在窮人純靠運氣。

今天他們最後結算

發現全部祖父母輩都呆在電視機前

三個月後，遙控器還拿在手裡。

股市破表，上限是天價

你總可以預料到會多死幾位吧。

處刑
Executions

　　今年春天來得早

　　我遲遲才整修葡萄藤。

　　根據無辜者處刑規則實施

　　每三個藤節點

　　就該活生生，剪掉。

　　今天葡萄藤從剪斷末端開始滴水。

　　我知道，從土壤只吸取水分

　　但覺得自己像笨拙劊子手

　　沒有戴頭罩。

外面
Outside

我在裡面敲門，外面無人開門

外面只有風、太陽

和那些派來偵察的幽魂。

我們家變成孤立機構

幸運的是前面有窗和庭院

留下15年前傾倒的樅樹

還可以不容飛機降落拉瓜迪亞機場。

在那些美好舊日時光裡

我們以為一切都會隨小行星結束

或者在莫名其妙的戰爭中

我們會互相丟

臭雞蛋或中子彈。

誰也想不到世界會原地不動

停在完全不同的人行道十字路口

紅衣主教於此竟能使

每天早上來探望我們的鳥尖嘴緊閉。

天堂門口
Doorstep to Heaven

我們未嘗經歷過如此變化無常的春天

大自然第一天給我們愛，第二天就胡鬧

誰會在二月裡見過水仙花盛開

或遇到藍鳥

準備在我們家門口築巢。

群星是世界喪禮蛋糕上的燭光

真實到使你感覺想要吹熄

好讓火花從滿天碎星的天空掉落。

我未經歷過更可悲、更早臨的春天

或許我們做過什麼錯事

冬衣穿太久

我們可能把世界推太遠

遠到未如此存在過的

新季節，現在就停在這裡。

大爆炸
Big Bang

瘟疫過後，迎接難以置信的重生

等到全部年老藝術家都出門去藥店

再也沒有回來

等到萬事都變成數位化

我們一切想法都卡在

微小晶片內，神就會在下一次

宇宙大爆炸中輸掉。

自由闖入
Free to Trespass

這是羔羊的好年頭！

可以平平安安去牧場

不怕有人在信仰的多孔石上

磨刀銳利。

為什麼我們需要災難才免得

他們來淨化我們所有悲情的空氣

這些總會在我們從籠子釋放的

截止日之前把天空劈開

任憑自由犯罪。

我們多麼輕易順從恐懼

我們多麼輕易申請豎立假雕像

在如今空蕩蕩的城市廣場。

今年我們要單獨在廚房和臥室祈禱。

隨地都適合當作教堂或寺廟

只要有祖父母的肖像

按照規矩輪流掉下眼淚。

我們許願也無從喚醒他們

那中間的眼睛

是永不熄滅的蠟燭光。

標籤
Labels

我從沒想到會在這世界上

帶孩子跟隨流動太平間

裡面裝人比女性生孩子還要快

這不是戰爭，但我們說是

世界受到驚嚇，像是膨脹的水泡

那是美麗的春天，復活節。

我戴口罩比以往更頻繁

可能被當做深海潛水員或太空人

鷹嘴豆代替咖啡豆，比短缺時更苦。

我們繁殖太快，彼此太過接近

自以為聰明、慷慨和善良

但你只有一次被分配

到府上、或養老院裡，或搞不清楚。

你出生時，被編號和貼標籤

然後靜靜坐在同樣長椅上

帶餐具，雙手放在背後

等待輪到你。

模糊影像
Blurred Images

派遣去搜尋我們的偵探

戴我們的舊面具回來。

那時正是我第二次愛上妳。

對妳來說更難取捨

請不要丟棄我

在滿月下

我從妳身上看到

今後20年我們兩人的影像

如此模糊

使我弄不清楚是誰拉誰的手

向前走。

神視訊會議
The God Zoom

我們全體星球在視訊會議上

七十億張臉朝向藍天

大家回首同時發言

似乎正在等待新的宗教

像是神奇粉末要到處傳播。

連無神論者都在問奇怪問題

如今禮拜場所都已關門

而且經過消毒。

沒有聖人，也沒有神會逃避

沒有蝙蝠會吃飽整夜遊蕩

全部升級成奇蹟締造者

和聖光生產者

數百萬年前

藏在沙漠中的莎草紙上所留傳
已被遺忘在若干古甕中。

剩下我們如今驚奇的本質
恐懼徒然散播
我們那些愚蠢問題
收集在一個視訊會議檔案內。

第二部：新法老王

Part Two: New Pharaohs

灰燼的顏色
The Color of the Ash

在毀滅下一個城市之前

在斬首下一個無防衛雕像之前

我建議採用更建設性的掠奪方式。

不，不應該焚書

古銅將軍的鬍鬚或假髮也是。

我們應該從竊據心靈貪婪失色的

日常美鈔假肖像下手。

每張鈔票都印有讓人憎恨的臉孔。

你想格蘭特將軍在亞特蘭大值得50美元嗎？

或者美國國父華盛頓

在最小額鈔票上燒起來會更糟嗎？

為什麼林肯值5元鈔票，而漢密爾頓10元

更別說我們口袋裡掉出來的零錢

或者富蘭克林，最易引燃的愛國者

發明過避雷針和100元自由

是最煽動的鈔票。

全部燒掉吧，改為易貨交易，像古時候一樣。

看看阿拉斯加、路易斯安那和加州還值多少錢

加上我們所有抵押，摸良心講。

你想把我們歷史攤開在桌上

像熊被直射穿心嗎？

你想要趁熊還活的時候，像獵人那樣加以解剖嗎？

或者不如把手錶設定在早上6點鐘

去上班，處理更多文書工作，澆灌混凝土

在經久鏽蝕的框架上。

世界史是由勝利者詮釋的討厭字彙

勝利者又常常轉變成失敗者

潛伏在周圍攪混水泥和紙。

舊時代法老王習慣上

只在剛死的法老王頭頂重造腦袋

加一兩個象形字，其中主人，或奴隸

多出一條腿。

為什麼我們不把這些印製臉孔

和「我們信神」字樣的鈔票付之一炬？

至少可以看看那些灰燼總是灰色

既不白，也不黑！

我們都是和平、貧窮又平等

像一頭有斑紋的牛聽到

要從牧場被直接驅趕進外國屠宰場。

新馬戲團
New Circus

我們很快就要慶祝國際愚人節！

會選擇可以騙人的星期天

在我們都心神不寧時

集合在雕像、歷史和理念都淨空的廣場

得以在高空繩索上行走

沒有防護網，就像在大型馬戲團裡

我們都應邀賓至如歸。

世界各地失魂落魄者團結起來！

你們是藉用別人木製義肢行走的小丑

你們是想像不到的最奇特馴養號碼

你們在躍過白種人的火圈時

會夾藏自己尾巴

基於忠誠，拒絕馴養師那塊糖

馴養師甚至懶得揮鞭

或在觀眾面前鞠躬行禮。

大廣場
Main Squares

從衛星上看，世界所有大廣場都一樣。

國王和民族英雄都騎在

鬃毛隨風飄、尾巴揚起的馬匹上

揮劍準備砍掉俯首的頭顱。

有許多糞便和凝結血塊

遍布在我們未復健世界的廣場。

你不覺得這樣會引來意外的水流

通過敞開的後門？

文人的雕像基座太小

必須把鏡頭推很近才能看清楚

正如注視某些矮人那樣。

慚愧呀，巴斯德*剛剛跑離基座

嚇得躲到顯微鏡後面

近視盯著世界躺在刀刃上的焦慮。

邱吉爾躲在箱子裡

在過度愛國流氓劫持他之前

藏起來，雪茄還夾在指間燃亮。

吸菸和愛國是多麼糟糕的習慣

直到最後一口氣！

桑丘・潘薩剛好冒出來

空拳保護塞萬提斯

無虞風車獵人。

*路易・巴斯德（Louis Pasteur, 1822~1895），法國微生物學家、化學家，微生物學奠基人之一。

密碼
Password

小鎮在喀爾巴阡山脈、烏拉山脈或韓國某處

夜晚昏暗到

連最先進的衛星

可以點數出世界所有螢火蟲

都無法辨識有小鎮存在。

世界上有些地方

幾乎找不到筆記型電腦優良插座

但那裡正是

最危險密碼破解員可以藏身處。

額外點擊兩三下，隨機猜測密碼

而美國有半數是半盲

銀行會偽造或燒毀自家的錢

十座水力發電廠水壩會淹沒我們

連同被野蠻人砍頭的全部古代希臘人

裸身鏽蝕雕像。

數百枚衛星相信世界已到末日

我們會永遠被剔除出

大財主捐助名單

那些大財主正要發現永生之道

和心靈確實重要性

值得散布宇宙。

再多點擊一個鍵

我們可以進入荒謬啞劇

劇中持續保持同樣窗玻璃潔淨

雙面都用蒸汽吹洗過。

魚骨
Fish Bones

世界大鍋正準備要用慢火燉煮

有些國家燉得比其他國家久

是因為年代還有那支

猛烈攪拌木湯匙的緣故。

你還可看到維京船試圖逃離

竄過遍地是棕櫚樹的北歐小島

或是習於酷暑的原住民

設法跳越塔斯馬尼亞的炎熱邊緣。

否則我們都會在這大鍋內慢慢攪混

每次我們冒上來吸氣都會叫喊

這熔爐內，每條生命都重要。

至少把熱關掉

換新蔬菜、佐料吧

總之，最終會卡在某人喉嚨裡

就像魚骨難以下嚥。

對半
Halves

我的花園完全分成兩半。
早晨起床時，在兩半之間平均
享受自己全部時間。
南側的椰子樹長滿椰果
我來不及採摘，因為一轉身
就又長出來。

北側有崩壞的冰山
我嘗試保存活化
在上面噴灑假雪花
又從街頭商店買來一些冰袋。

昨天我坐時，腳一隻在南極洲，一隻在加勒比海

一半愛斯基摩人，一半叢林探險家。

我試圖讓鸚鵡和企鵝交配

對白蟻進行無效沖洗

設法藉我的後背和前胸保持對半，

直到為一切努力勞累不堪。

總有一天這個花園會讓我精疲力竭

所以我用腳擦掉粉筆分隔線

然後回到我的舊洞穴

到處是祖先骨骸。

動用四足
On all fours

我某天早上醒來少掉一隻耳朵

自問有誰需要我的耳朵

因為梵谷已把更珍貴的耳朵贈送我們。

地球上是誰會對我的肉片感到興趣

如今世界似乎已秩序井然

一切都被容許、受到鼓勵、正常。

我整天動用四足行走

沒有人注意到我四肢萎縮。

他們把我當做孩子拍頭、愛惜撫摸

怕我會咬他們，是嗎？

然後他們把我復原成兩條腿

帶我去馬戲團

繫繩環套我的脖子

像熊罩著口籠。

如今我恢復溫順的兩足動物

和藹微笑，低聲咒罵

我準備捐血，捐出一兩根手指

還有一些難以翻譯的詩稿。

至於我的其他領土，仍然未知

在容許動用四足前進的想法當中

我不必擔心

因為沒有人會感到興趣。

紐約公墓
New York Cemetery

公墓的工作真是發狂

日以繼夜挖墳

把那些非戰死的人

新舊骨頭都丟棄。

牧師和祭司發出特許證

根據新措施緊急方案

准予合法火葬

此罕見情況

沒有顧慮到信仰。

火淨化一切，早已公知

你只要插手進去

即使未犯罪

也會被清潔溜溜。

縱然你還活著

可以尿在一些聖像上

甚至是你出生之前

就在為你祈禱

又是記憶猶新的那尊聖母像。

寓言
Fable

看看我怎麼會變得沒人注意

在主人獵場，被說成是

鬥敗狐狸，搖尾顫身。

最近無人向牠開槍

無論牠追逐過

多少隻雞

雞都已學會自衛。

如今是雉雞、野豬和鹿的季節

在過度繁殖之餘

亦可供食用或製成標本。

松鼠、水貂和山貓自願投降

皮毛被剝掉一半

希望在不公平的獵場上

會受到關注。

牠們多麼想聽子彈在耳邊飛過呀

準備永久存在博物館櫥窗裡

讓認真學生從牠們的拉丁名字去辨識。

有多少不法、多少冷漠,遍布故鄉森林。

連長頸鹿都在雄獅面前彎下

扭曲的脖子,雄獅不如去咬死母獅的幼子

當偉大獵人以沉重高爾夫球

追逐獸類時

那隻幼獅救過雄獅數次免死咧。

小老鼠
Mice

圖書館內小老鼠

誤咬皮革精裝的稀世版本

隔夜就因意識形態中毒。

一些難以咀嚼的概念終於掉入鼠窩

小傢伙在此貪吃長得比溝鼠還大

繁殖速度比世界所有囓齒動物都要快

意識形態也是大好春藥

讓人一看到某些標題就頻頻勃起。

大學全部書架一星期之內

在後面被咬壞

數以千計的稀世圖書連同

書本隱藏的全部教義消失無蹤

省下許多懸而未決的問題

還有一些血腥革命

就以其鋒利的斷頭台

把真相無情撕開。

雕像戰爭
The war of the statues

我們在這場虛假世界突發事件中

憤怒到必須向某人宣戰

雕像就是最容易鬥爭的對象。

他們是數百年前的我們

那時還戴假髮，衛星沒有來追蹤

有人幫我們鞋子擦亮。

每尊雕像的青銅中都可能有蟲隱藏

在雕刻家，以及相信雕像會勝利

或者相信他們所寫書內容的人

不注意時偷溜進去。

只有列寧還躺在陵墓裡

塞滿每十年更換一次的真理報。

即使藏在字裡行間，沙漠也會保存很好。

埃及木乃伊早已搬進博物館

從法老王時代起包紮帶就沒有換過

一度與兩三千年前棄置的其他木乃伊

擺放在同樣石棺內。

每晚都有佚名的國王或騎士

嚇得從馬上跌落下來

馱負著青銅和石頭基座

尋找更安靜的廣場

或許另一個王國。

在他們脖子套上鎖鏈免得逃跑吧

把他們抓下來吧

把他們囚進共同墳墓裡吧

連同城中尚無人認領的死者
連同秦始皇兵馬俑。

我們等待他們以民主方式一同腐壞
成為無用的歷史堆肥
直到蟲爬出鐵外
連我們從世界破屋取出
準備用來矗立新英雄的基座
都加以咬壞。

我們將上演多麼偉大的叛亂
對抗無人和眾人。
連孩子都會舉起拳頭

高喊拗口的口號

一大堆文字、押韻和概念

經過幼稚園和學校的不良提煉

我們為此付出大筆錢

只為廉價伏特加

用來麻醉世間幼苗。

當心!

文化大革命是因仇恨引起

等到太多人懂得如何討厭時

他們受到怨恨就不止是命中註定。

一加一
One plus One

每次想到某些邏輯事項

我便怕死啦。

正如一加一等於二的概念

令我戰慄，不亞於雁群

在秋天向北遷徙飛翔

像一群純真的自殺飛鳥

相信可以瞞騙季節

利用一些互相殘殺的神

在神話中私底下

持續到今天

邏輯奧妙一如亞里士多德時代

一加一並非恆等於二

當雁群隨星星遷徙

未孵化的蝌蚪

在遙遠的沼澤中等待。

失眠症患者
Insomniac

沒有時間數完所有的羊

我就睡著啦。

我的內心是思想的屠宰場

若我是羔羊，自豪的內臟和皮毛

被摘除很久後還繼續哀鳴。

沒有時間靜靜種草

聽到鋒利鐮刀的聲音

如今草已長高

會被保存成乾草堆

從天空看來像是金字塔。

如果要公開
If would be known

如果我們一切事情都要公開

我們早就從地球上消失不見啦。

所以偵探繼續存在

所以祕密信鴿從我們手中得到食物

而各個角落都設置監視攝影機。

女巫眼睛始終盯著

看我們思想之間隱藏的隕石坑

看月球上那些看不見的部分

在我們夜晚睡眠中，安置奇異幼苗

竟然不知道會長出什麼樣子。

我們擔心害怕完全合理

這是日常相處的毒草

小心保濕不要枯掉。

我們是世界上罪孽深重的物種

由於缺乏可信賴的證據

我們又被推延一百年

但願我們自行懲罰

再來一場戰爭、一次瘟疫

有些新意識形態比舊的還要變態

隱藏在某些先知的假髮下

先知在重演歷史

彷彿什麼事都沒發生過。

或者幸好，我們可隨意離開

竄過籠子的柵欄

回到原地。

未來主人呀

畢竟這現況即將過去
我們每個人都會
困在浮島上
讓海浪隨意漂流。

我們將坐在唯一棕櫚樹下
進行手背靜脈注射
我們等待被潮流帶走
帶到海上去
就像幸運的群島。
最後格陵蘭島會等候我們
新鮮又翠綠。
登陸時我們會接受
結成冰柱的花環

把感情融化在我們脖子上

聆聽我們未來主人

致歡迎辭

為我們討價還價

到錙銖必較。

2020年
2020

這一年應該元月起就從日曆除掉

免得以後加快速度

像雪球愈滾愈大

滾落到世界海灘

我們蜷縮躺臥的地方

相信太陽會再來拯救我們。

夏天到啦。我躺在海邊

想要製作一些沙球

讓自己相信無所事事也是生活

我們被遣送到火星時

也會像火星人一樣打算

當他們在我們掩護下潛入

錯過冰河期之後

以為地球是唯一幸運星球

對吞食初生孩子的克洛諾斯*

置之不理。

這一年竄過他的齒縫加速溜走

我們從他的嘴仰望天空

就像從鐵柵的監獄。

*克洛諾斯（Cronus）是第一代泰坦十二神的領袖，怕自己會被孩子取
　代，所以吞食全部孩子，只剩宙斯。

煙火
Fireworks

製作煙火只是給我們某些勝利幻覺

對抗重新漆過的硬紙板歹徒

每年帶出去各國射擊場

贏得未發生過的戰爭。

在無戰爭情況下，煙火

可彌補不必要的腎上腺素激增。

以往，鐮刀和錘子造成我們更大恐懼

超過如今在世界各國首都遊行中

攜帶出場的核彈。

在那些首都依然能聽到昨日聖歌的迴聲

那些聖歌把聖徒趕出教堂

把教堂改建成彈藥庫。

新領導人不再留鬍子或戴假髮

隱藏半消費掉的革命

還有數度橫渡大海洋的歷史肥蟲。

如今，領導人照讀熟悉演講稿

從尼祿和史達林時代改寫

由可以改變世界命運的

同樣蒙面抄寫員後裔

用句尾的牽強文字

或用餐巾紙

潦草寫在那張新地圖上。

信念
Faith

畢竟在這場狂歡中

我們彼此以鋒利的牙齒

和指甲擁抱過

數千年

還有人會相信愛情嗎？

我們生來如鳥，這份信念

伴隨一生

首度感人的真理

只有在我打破蛋殼才看得見。

也許因為沒有翅膀

我們無法飛翔

即使我們早上醒來手臂長羽毛

而且把世界所有蛋憤怒擊破

由於等太久的緣故

只找到臭蛋黃。

樹
The tree

在我們恐懼消減時

我們回到逃離過的自然

也許我們真的會看見那棵樹

穿透我們家地板不知不覺長大

就在我們被電視新聞

被股市驚人上漲

被總是緊張結束的最新電視連續劇吸住時

樹的結瘤分枝

正貫穿到鄰居樓上

鄰居生氣來敲暖氣機要求調低聲音

要我們砍掉這棵該死的橡樹

長得像豆莖

噴灑過失控夢想的肥料。

麵團
Dough

我們變得彼此太過對抗

準備撕破臉分手

在同樣廚房

母親和祖母削麵包的場地

她們把愛平分在我們的盤子上。

自從長輩過世後

我們在等待輪到自己離開世界

相信我們會瞞過成熟

更加知道如何熟慮真相

在我們睡得平靜安穩的時候

這個成長的麵團被全體麵包師

隱藏到我們心思的某個角落

夜晚放置水和酵母的地方。

事事無聲
The mutness of things

因為我們不斷嘮叨

樹啦、鳥啦、狗啦、貓啦不再出聲

薊被風吹襲滾過沙漠時

不再冒然發出誓言。

連風也有本身的鳴聲而其歌詞

是由天空的偉大無名氏譜成。

這些歌詞本身都是口語

直到我們呼嘯而來

才鎖進字典裡

像監獄，只有你能進入

用心學習死亡的發音和文法。

文字可以只算鬧劇

我們互相嬉戲

當我們剝掉第一層樹皮

與正躲藏中的樹

毫無關係

只有樹被砍伐時

樹液才會噴出。

沉默不屬於人類。

連續音叉聲

不是來自我們內心。

我們只是假裝聽不見

宛如我們對事事假裝那樣。

惡夢
Nightmare

美國夢一夜之間變成惡夢

菲律賓護士還在照護我們傷口

定期更換繃帶

鼓勵我們相信奇蹟

而善良天使永遠不會用

天國齒齦咬我們。

不要怕！

所有旅館房間的聖經上都寫

阿巴拉契亞山脈會復原

只為可憐哀悼被我們殺掉的所有印第安人

在我們來到這個新世界之後

他們還張開手臂歡迎我們

彷彿我們是從未有過的

《啟示錄》最後倖存者

直到某天有人揚鞭

想要成為我們的合法主宰。

菲律賓護士的手多麼秀美呀

她翻我們的輕盈書頁多麼優雅呀

她清潔我們的傷口多麼細膩呀

她在我們內心注射冷漠是多麼緩慢呀。

易貨交易
Barter

大多數情形是事情來找我

透過能夠呼吸的空氣。

我一年只喝水一次，十年吃一次

但是還能換氣

那是真正存在的最好證明。

儀表在某處

計量我們與天空的易貨交易

當天結算我們接受多少

回饋多少

到處都可同時開始和結束

與太陽、月亮，或者我們對萬事的想法

毫無關係。

行動不便
Limping

我痛苦的背靠在熱熱的熱水袋上！

聞到燒焦的橡膠味

彷彿面前突然

有飛機意外降落在我花園草坪上

北美紅雀在那地方撿麵包屑

給裸躺在我頭頂上窩裡的雛鳥

我看不到

但我知道在那裡

因為紅羽毛從空中飄落

有新生命的味道

還有老天使以鋼爪

緊握生命的痕跡。

時光機
Chronos

這整個蒙面舞會可能是

一齣古裝鬧劇的觀賞排演

其中克洛諾斯吃孩子只為消磨時間。

老練導演知道如何排除繁瑣劇本

殺手傑作或假聲

其中任何音符都是交響樂的一部分

由不存在的合唱團演唱。

我們未曾度過的生命

不像我們生活過的那樣糟糕

從昨日種種無法預知明天

我們要經過多少春天才得以瞭解

時間正是狡猾的談判對手
由眾神派來尋找受害者。
不然把名叫「克羅」的簡單電子機器
安裝在醫院門口
每當我活生生進進出出
就仔細辨識我的指紋。

文字
Words

文字就像有些小樹枝開始乾枯

你甚至無法用在爐內生火。

我們藉手勢互通訊息。

如今我們在偉大部落酋長背後又聾又啞

他們用唯一會說話的手指為我們指示未來。

從體育場和從雕像向我們揮手

在那裡放大倍數像神一樣

我們機械般鼓舞市場上所有鴿子

驚慌飛越世界屋脊。

文字脫口而出就已經被遮蔽

祖國的破爛國旗蓋住我們受傷的驕傲

就像遭到強制遊行的愛國主義面具。

經由星條旗可以看到我們眼睛

以及在我們額頭皺紋間萌生的恐懼。

我們說整句話，在其中不再認清自己

除了在嘴皮上咀嚼的感嘆詞

帶有最後煤渣

那蒸汽火車頭的廢棄物

是我們童年旅行時

遺留在惡夢和美夢之間。

我們的孩子不再凝望我們的眼睛

對他們來說，天空是以畫素計量的畫面

著落在我們喉嚨裡的隱喻

蘊藏含義

如今裸露在街上

玩弄我們的神經伸展到極限。

我們在說話，還在說話，怕沉默。

有時我們會發出真正的嘆息

或者一些不加掩飾的啞劇姿勢。

我的記憶
My memory

今天從樹葉、無聊的話

和撞上我在觀察世界的窗口之鳥羽

測量我記憶的幅度。

舊時記憶裡的布穀鳥鐘

自從我更加奮力逃避上次

颶風和革命以來，還未上緊發條。

經過你頭頂的每一棵樹

都是很好的證明

你無根無翼可以飛翔。

如果你相信飛行樹

且駐足觀察夠久

你會看到全部都是根部顛倒

可以上天空。

其餘就靠風雨和字母

但主要是暗物質*

經過我篩選

就像經過宇宙無法解釋的

微不足道篩子。

我完全為自己發言。

我上床、醒來、工作、呼吸、吃飯

吞嚥已經咀嚼過的東西

多次穿過地球內臟。

我害怕時，不知道向誰祈禱。

請給我們日常麵包

我們寬恕兄弟犯錯時

聽起來像飢荒詛咒

在我們這裡大實驗中

以瘋狂的胃口測試烏托邦。

我回收，又恨又愛一切散裝

繼續透過同樣窗口觀望

窗口冒氣剛夠，讓我繪出

每次呼吸都變化形狀的圖像。

*暗物質（dark matter），亦稱黑體，據稱宇宙90%由此種不發光物質
　組成。

水循環
The water cycle

我坐在雲端

觀察雨滴如何

無中生有。

這就是我開始啟蒙

進入棘手創作藝術的方式

像關節脆弱的氣象專家。

我錯把天氣看做時間

蒸發得比以往都快

不留鹽渣。

文字本身學會如何下雨。

我開始把傘忘在家裡

反而戴走屋簷。

我漸漸開始參與

熱烈蒸發方式的水循環。

當我鷹眼怒張

應可看到飛行本身。

魚在河裡用舌頭舔我

彷彿我已經淹死。

我進入根部，騎樹葉上天空

樹葉在我耳邊低語：

放棄吧！

上帝不會渴啦。

只有祂知道如何到達岸邊。

我們是誰？
Who are we?

交出唾液樣本

有機構會告知你是誰

你從哪裡來。

從你的唾液可直接判斷你的長久往事。

你會發現自己是否繼承或延續尼安德塔人*

未來可以有些真正機會

有潛藏才能、癌症

或適當名稱的疾病，如阿茲海默症。

多交五十美元，機構會提供

你的祖先來自哪個部落

缺水和失望時放棄的是哪個洞穴。

再多交一百美元，你會瞭解

在歷史書上沒提到過的侵略期間

是哪位高祖母在割麥時被強暴。

又多交幾千美元，他們會從你的基因

拼出血統讓你自我陶醉三代

確保他們的藍眼睛直接來自你

而不是染色體的實驗室。

*尼安德塔人（Neanderthal man），生存於舊石器時代的史前人類，
 1856年首度在德國尼安德河谷發現其遺跡。

落入虛空
Falling into the void

何處是舊時代烏托邦理想主義者

準備跳入他們腳下的虛空

或者是在軍隊裡受到排斥的無政府主義者

由於精神原因

後來成為盲目群眾選出的獨裁者

準備乖乖順從進入同樣虛空

那裡如今只靠拋出猛禽

訓練為我們去殺害

受驚嚇的兔子和老鼠

由業餘獵人訓練出來的狗

在後面追趕。

謄寫員的夢想
The scribe's dream

有時我夢想參加戰爭

在戰場或某隱祕房間內

或者從未發生過

被遺忘的戰爭由謄寫員

同時使用兩三種語文轉錄口述

匆匆寫在歷史書上。

他們靠耳聽書寫以取悅當時國王

國王可以砍他們頭，命令他們

何處加逗點、句點或感嘆號

要記得哪一年，或丟到

兩個垃圾括號之間，忘掉。

鐵和石頭都要有磨削工具

除掉徒然上天堂的

少數名字和幾百萬塊骨頭

然後拿起骰子再擲一次

選另外幾百萬個赤足士兵

給他們槍和一些口號

脆弱的理想和彈藥

單純重複唱喜愛的聖歌

然後投回戰場。

新英雄在任何博物館或展覽會

都沒有立足之地，他們只對城市絕望

或者臨時廣場有用處

在各地方走來走去

不是在基座上，而是坐輪椅。

解剖學
Anatomy

我身體右側傷口和疤痕累累

醫生和學生學習如何從我身上割生肉

就像剪葡萄藤，每三節剪一段

我把解剖刀和自己交給他們

指示他們何處比較不痛

我左側，有新生兒在亂塗鴉

塗到我背部的白霜

我的話已經全部由別人嘴說完啦

我的思想已經貫穿他人腦袋

我追隨的第一道彩虹

依然把我劈成兩半

我試圖在彩虹盡頭找到寶藏

使用棱鏡把光分布得更薄

我是偉大解剖學課程的一部分

一道陽光斜斜刺入我的肋骨。

詩人訪談

Interview with the poet

■ 請談談你的童年！

答：我1954年出生於羅馬尼亞，正是東歐共產主義最糟糕的時期。儘管時機艱難，但我有快樂童年，因為父母、祖父母都努力好好活下去，只為保護我們，假裝周圍環境沒什麼困苦。學校讓我回想到往事，為我們提供紮實教育，主要是因為社會慣性，已經持續一、兩代人。我的父母是學校教師，愛好文學，房子裡堆滿書，我幾乎每天耽讀不停。

■ 你什麼時候決定以醫為業？

答：我開始寫第一首詩時，父母有點怕，阻止我，告
　　訴我說，「塗鴉文字」無法維持自己和家庭生
　　活。所以我決定成為醫師，迄今喜愛這職業。在
　　羅馬尼亞，我生活的世界，使我們不得不假裝服
　　從專制政權，並學會噤口。當時的羅馬尼亞作家
　　如果想發表作品，就同樣不得不如此。否則，我
　　們只能閱讀世界最好的文學書籍，最好的譯本。

■ 哪些詩人和作家影響你的生命？

答：我移居美國之前，讀到《百年孤寂》，這本書改變我的一切，想成為未來作家。後來我才發現馬奎斯，衷心感激墨西哥作家胡安·魯爾福（Juan Rulfo）的書《佩德羅·巴拉莫》（*Pedro Paramo*），將他帶入全新世界，依然不變。在我看來，羅馬尼亞文學頂多介於俄羅斯和南美文學之間，保持比例份量……。

■ 是什麼生活機緣感動你，
讓你決定寫作？

答：我根據自己職業，寫過兩本短篇小說集，書名是
《婦產科醫師的故事》，因為我在兩個不同的世
界從事婦產科醫師工作30多年。在歐美有醫師
作家的實際傳統，像契訶夫（Anton Chekov）、
布爾加科夫（Mikhail Bulgakov）、賽林（Louis-
Ferdinand Céline）、威廉斯（William Carlos
Williams）等多位。

■ 在你本國生活和移居美國情況如何？

答：我離開羅馬尼亞，是因為所有共產主義都浮誇，不切實際。1990年抵達紐約（與美國其他地區大不相同），正值社會景氣嚴重衰退時期。那時我36歲，不是來當遊客或作家。我必須以醫師維生，有一段時間感到完全迷失。確實有回去羅馬尼亞的念頭，但那些年的奮鬥和困擾，在我作為男人、醫師和作家的成長過程中，扮演過重要角色。

■ 你如何看待正面或負面評論氣氛？

答：我的一生較晚才開始寫作和出書，是在紐約生活安全，並且定居以後的事。關於評論，對寫作正面評價總是受到歡迎，但我在紐約被告誡，不要被負面評價澆冷水。最糟糕的事是，出書根本無人理睬！

■ 詩對你的意義是什麼？

答：詩是文學的公主。我在讀散文時，可以感覺到那位作家是否也寫過詩。就像智利作家羅貝托・博拉紐（Roberto Bolagno），我酷愛他的作品。

■ 談談你的生活和文學計劃！

答：移民美國後，我閱讀很多南美作家的作品，跟我
　　年輕時閱讀俄羅斯和北美作家的作品一樣熱烈。
　　像尤薩（Mario Varga Llosa）、波赫斯（Jorge Luis
　　Borges）、馬奎斯（Garcia Marquez）、富恩特斯
　　（Carlos Fuentes）、帕斯（Octavio Paz）、聶魯
　　達（Pablo Neruda）等等。

　　　　我每年回羅馬尼亞，都會帶一袋不同語文翻
　　譯本的書回來。羅馬尼亞人嗜讀外國文學，每年
　　都會出現新作家，其中有一些來自美國，甚至紐
　　約。美國出版書籍當中，只有2%翻譯作品，主要
　　是名著經典。我偏愛亨利‧米勒、羅伯托‧博拉
　　紐、馬奎斯和尤薩。

　　　　我喜歡聽別人的故事，有時一個片語或場

景，會在我腦海中引發一些事情。我寫過很多朋友或陌生人講的故事。從某種意義上說，我算是「竊取」，但我從來沒有與任何人發生過徵求許可的問題，或者寫出來的故事不易辨認。

我在寫作時，會聽音樂，古典音樂或爵士樂，我用羅馬尼亞文寫作。我嘗試直接用英文寫作，但很難在中年改變使用工具。我用英文翻譯自己的詩，因為詩必須保持思想和情感同一步調。

美國（不僅美國）的實際文學世界，總是會受到我們周圍所有這些奇異運動的擾亂和威脅。像「抵制文化」、「文化挪用」等等，我不很明白。幸好我已不年輕，也不會羨慕年輕人。如今年輕人去學校學習「創意寫作」，甚至終於能發

現他們究竟是誰。關於創意寫作，我認為只會教導如何「不」寫作。

　　我經常反思，在不久將來，我們世界會是什麼樣子。我正在寫一本新書，基於這種關懷，設想50到70年後的地球。書名是《結束之後》（*After the end*），已在羅馬尼亞雜誌上連載。我在寫這個主題時，全身起雞皮疙瘩，不聆聽任何音樂。

詩人簡介
About the Poet

　　亞德里安・商久贊（Adrian Sangeorzan），1954
年在羅馬尼亞出生，畢業於克魯日（Cluj）大學醫學
院，在羅馬尼亞共產政權下從事過醫師工作，1990年
移民美國。現住紐約，專業婦產科醫師。

　　第一本英譯詩集《越過生命線》（*Over the Life
Line*）由紐約Spuyten Duyvil出版社出版，著名作家
安德烈・科德雷斯庫（Andrei Codrescu）和尼娜・卡
西安（Nina Cassian）導讀。回憶錄小說集《兩個世

界之間：婦產科醫師的故事》有兩個版本，獲2005年
羅馬尼亞小說獎，英譯本書名為《從子宮流放—婦產
科醫師的故事》（*Exiled from the Womb – Tales of a
Women's Doctor*）。

亞德里安・商久贊出版詩集有《越過生命線》、
《剃刀邊緣的聲音》（*Voices on a Razor's Edge*）、
《月球解剖》（*The Anatomy of the Moon*）、《大
理石上的花紋》（*Tattoos on Marble*）、《記憶幅
度》（*The Span of Memory*）和《戴口罩的世界》
（*Masked World*），都是羅英雙語本；長篇小說和短
篇小說有《家門前的馬戲團》（*The Circus in Front of
the House*）、《維塔利》（*Vitali*）、《婦女之間》
（*Among Women*）、《輕拍肩膀》（*The Tap on the*

Shoulder）。詩譯成英文、德文、瑞典文、西班牙文和阿拉伯文。《無名之命名—當代美國詩選》（*Naming the Nameless – An Anthology of Contemporary American Poetry*）合譯者、羅馬尼亞作家協會和國際詩人圖書館會員。

譯者簡介
About the Translator

　　李魁賢，曾任國家文化藝術基金會董事長、國立中正大學台灣文學研究所兼任教授，現任國際作家藝術家協會理事、世界詩人運動組織（Movimiento Poetas del Mundo）副會長、福爾摩莎國際詩歌節策畫。獲巫永福評論獎、韓國亞洲詩人貢獻獎、榮後台灣詩獎、賴和文學獎、行政院文化獎、印度麥氏學會（Michael Madhusudan Academy）詩人獎、台灣新文學貢獻獎、吳三連獎文藝獎、真理大學台灣文學牛津

獎、蒙古建國八百週年成吉思汗金牌、孟加拉卡塔克文學獎（Kathak Literary Award）、馬其頓奈姆・弗拉謝里（Naim Frashëri）文學獎、秘魯特里爾塞金獎和金幟獎、台灣國家文藝獎、印度首席傑出詩獎、蒙特內哥羅（黑山）共和國文學翻譯協會文學翻譯獎、塞爾維亞「神草」（Raskovnik）文學藝術協會國際卓越詩藝一級騎士獎等。出版有《李魁賢詩集》6冊、《李魁賢文集》10冊、《李魁賢譯詩集》8冊、《歐洲經典詩選》25冊、《名流詩叢》46冊、回憶錄《人生拼圖》和《我的新世紀詩路》，及其他共二百餘本。

語言文學類　PG2701　名流詩叢46

戴口罩的世界
Masked World

作　　　者 / 亞德里安·商久贊（Adrian Sangeorzan）著
譯　　　者 / 李魁賢（Lee Kuei-shien）
責任編輯 / 楊岱晴
圖文排版 / 陳彥妏
封面設計 / 劉肇昇

發 行 人 / 宋政坤
法律顧問 / 毛國樑　律師
出版發行 / 秀威資訊科技股份有限公司
　　　　　114台北市內湖區瑞光路76巷65號1樓
　　　　　電話：+886-2-2796-3638　傳真：+886-2-2796-1377
　　　　　http://www.showwe.com.tw
劃撥帳號 / 19563868　戶名：秀威資訊科技股份有限公司
　　　　　讀者服務信箱：service@showwe.com.tw
展售門市 / 國家書店（松江門市）
　　　　　104台北市中山區松江路209號1樓
　　　　　電話：+886-2-2518-0207　傳真：+886-2-2518-0778
網路訂購 / 秀威網路書店：https://store.showwe.tw
　　　　　國家網路書店：https://www.govbooks.com.tw

2022年2月　BOD一版
定價：200元

讀者回函卡

國家圖書館出版品預行編目

戴口罩的世界/亞德里安.商久贊(Adrian
Sangeorzan)著;李魁賢譯. -- 一版. -- 臺北
市:秀威資訊科技股份有限公司, 2022.02
　　面;　　公分
BOD版
譯自:Masked world.
ISBN 978-626-7088-28-9(平裝)

883.151　　　　　　　　　　110021709